U0131164

後2008 台灣經濟導覽

高敬智　主編
米奇鰻　繪圖

馬英九‧蕭萬長對台灣經濟的規劃願景

前言

民進黨執政八年來，台灣社會和人民吃到很大的苦頭，不但政治混亂、經濟衰退、社會分裂、道德淪喪，而且人民看不到願景、看不到未來。

馬蕭團隊在這個時候挺身而出，就是希望幫台灣找回幸福、找回願景。但是要達成這樣的任務，首先要凝聚國人的共識，要去區別什麼是台灣目前的真問題，什麼是假問題？

因為民進黨政府為了掩飾執政的無能，不停用統獨、正名等假議題來切割人民、混淆人民，讓藍綠支持者陷於無休止的內鬥，而忽略了執政者已經Down到谷底的政績。

馬蕭團隊認為台灣必須停止在假問題上內鬥、內耗，必須大步向前走，擱置意識型態與信仰的紛爭，先專心解決攸關人民生活與環境的真問題，而經濟就是最重要的問題之一。

經濟事務本來就是國民黨的強項，而且經驗豐富、人才濟濟。這次馬蕭團隊更是卯足全力，結合頂尖學者、專家，為台灣的經濟困境，開列出許多切合現實又可行的政策與方案。其犖犖大者包括：積極加入國際經貿整合體系、以「愛台十二建設」重新裝備台灣、把台灣打造成全球台商營建總部、開放三通、推動優質台商回台上市、規

劃產業創新走廊，並在全台各地因地制宜，規劃高雄自由貿易及生態港、台中亞太海空運籌中心、桃園國際航空城等等，希望在短期內讓台灣達到「633」的願景——也就是經濟成長率提升到6%，國民所得提升到3萬美金，失業率壓低到3%。如此一來，台灣便可走出困境，和國際上的競爭者一較長短了！

由於經濟政策、資訊與數據有時略嫌枯燥、抽象，所以我們特別聘請著名漫畫家米奇鰻，以親切、生動、深入淺出的方式，把馬蕭團隊的主要經濟政策，轉化為易讀、好看的漫畫形式，希望能讓讀者輕鬆地了解台灣的經濟困境與未來願景，也能了解馬蕭團隊「打拼為台灣」的苦心。

編者

前言

這八年我們失去了什麼？

馬蕭執政後的台灣經濟願景

我們的貿易順差最大宗是中國大陸卻不開放三通，真是傷腦筋。

這八年我們失去了什麼？

這八年來，我們失去了什麼？
或者說，身為國民的你，
和大家一起損失了哪些東西？
讓我們一一向你道來…

1 失去國家競爭力

世界競爭力下滑

1. 台灣在2006年的IMD（瑞士洛桑管理學院）評比為第17名，2007年下滑一名至第18名，**首度被自第18名上升到第15名的中國大陸超越。**

2. 世界銀行最新的「全球企業環境」調查中，台灣更是由2006年的47名下滑至2007年的第50名，不但位居亞洲四小龍之末（新加坡第1、香港第4、日本第12、泰國第15、馬來西亞第24、南韓第30），更輸給太平洋上一個小小的東加王國（第47）。

3. 標普發佈的「2008年亞太主權評等展望報告」中，我國

更是22個受評國家中，唯一和斐濟並列為負向展望的。

4. WEF（世界經濟論壇）的評比中，台灣在2006年為第13名，2007年再滑落至第14名，南韓2006年為第23名，2007年卻一口氣竄升到第11名。

5. 在WEF新出爐的評估報告中，台灣除了「金融市場成熟度」大幅下滑11名以外，在「體制」方面也退步7名為第37名，包括小股東權益保護（排名第69），大眾對政治人物的信賴（排名第57）、司法獨立（第53）等細項的排名均落後。

　　在「總體經濟」指標方面，台灣也滑落4名至第26名，主要是財政赤字排名第59名，政府債務第53名，這幾項排名的落後，也是嚴重影響總體排名。

大陸及四小龍2007年競爭力排名之比較

機構/國名	新加坡	香港	台灣	韓國	大陸
WEF	7(+1)	12(-2)	14(-1)	11(+12)	34(+1)
IMD	2(+1)	3(-1)	18(-1)	29(+3)	15(+3)

資料來源：WEF、IMD網站、我國經建會新聞稿。
註：括號內表排名變動，+表2007年排名比2006年排名進步。

四小龍前兩年的全球競爭力評比排名

國家	全球競爭力		基本需求		效率提升		創新因素	
	2006年	2005年	2006年	2005年	2006年	2005年	2006年	2005年
新加坡	5	5	2	3	3	2	15	14
香港	11	14	4	4	11	12	18	21
台灣	13(14)	8	19(19)	19	15(17)	6	7(10)	8
南韓	24	19	22	20	25	20	20	17

資料來源：WEF「2006~2007全球競爭力報告」，www.weforum.org。
註：括號內數字為2007年的表現，繼續下滑中。

2006網路普及率排名－亞洲四小龍

國家	香港	南韓	新加坡	台灣
比率	69%	67%	66%	60%

我們的網路普及率不如鄰國

根據國際電訊聯盟（ITU）統計，2006年，台灣網路普及率為60%，輸給香港（69%）、南韓（67%）和新加坡（66%），居四小龍之末。（2007.3.12 中國時報）

我只知道台灣網路價格被壟斷，比其他國家貴又慢…

沒想到連普及率都輸，真是太有辱資訊大國之名，嗚嗚…

2 我們損失了大量國家財富

項目	時間(年)	被偷竊的金額
經濟衰退	2000年至今	12兆8,486億元
決策錯誤損失(核四建設反覆、公共建設預算編列浮濫等)	2000年至今	6,014億元
二次金改，賤讓公營銀行，掏空國家資產	2000年至今	5兆2,707億元
高速公路ETC弊案	2003年起	3,000億元
不當投資高鐵建設	2006年	6,000億元
高雄捷運弊案	2005年起	334億元
中華電信違法釋股	2005年起	1,473億元
南科高鐵減震工程圖利廠商	2006年	60億元
變賣國產	2000年至今	8,877億元
中央政府債務增加	2000年至今	1兆7,077億元
總計	2000年至今	約20.7兆台幣

資料來源：國家政策基金會、中國時報

　　民進黨執政八年，金融處處黑洞、不當投資、決策錯誤……讓人民辛苦繳納的稅金白白浪費，從核四停建開始，至2006年南科減震工程弊案，國庫一共損失了20.7兆台幣。許多人不禁在問：為何民進黨政府在瞎搞，卻要無辜人民買單？

我們的國產逐年被變賣

近年來，政府財政吃緊，賣祖產之舉，例如變賣國營事業資產的方式，成為政府籌措財源的重要管道。

1999年國產變賣只有58億元，惟政黨輪替後，資產變賣遽增，2001至2006年度，國營事業分別變賣資產達205億元、137億元、179億元、247億元、239億元、286億元，每年都是過去的4至5倍，這種吃老本賣祖產的行為是非常不智的，國家財政應該細水長流。

違法釋股

除了變賣資產，釋股收入也成為重要的財源之一。

自從1989年推動公營事業民營化以來，已有多年，但自民進黨執政後更變本加厲，包含2005年8月的中華電信釋股所帶來的981億元，民營化已經挹注國庫達7千億元。其中，包括32家公營事業轉民營，17家結束營業。

真好吃！

你吃自己解飢我是不介意，可是那些都是國有財產，是我們納的稅耶啊...喂！

**經濟成長率
落後所有鄰居**

　　2000年5月20日政黨輪替後，台灣經濟表現一蹶不振。
2001至2007平均經濟成長率3.8％，較1993至1999年平均
6.28％，衰退2.48個百分點，衰退率為亞洲第一。
（主計處）

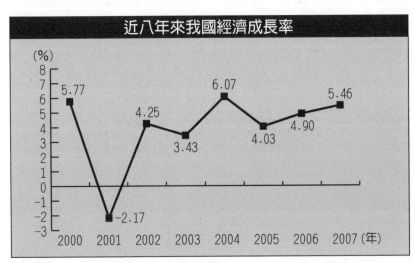

近八年來我國經濟成長率

主要國家經濟成長率

單位：%

年度	中華民國	中國大陸	香港	日本	韓國	新加坡
1990	5.70	4.24	1.75	4.82	9.16	9.20
1991	7.58	9.12	5.64	3.33	9.39	6.55
1992	7.85	14.05	6.59	0.95	5.88	6.34
1993	6.90	13.12	8.56	0.20	6.13	11.73
1994	7.39	12.63	5.61	-1.19	8.54	11.57
1995	6.49	9.00	3.92	1.44	9.17	8.15
1996	6.30	9.75	4.22	2.07	7.00	7.78
1997	6.59	8.59	5.12	1.10	4.65	8.33
1998	4.55	7.81	-5.46	-1.83	-6.85	-1.41
1999	5.75	7.18	4.00	-0.35	9.49	7.18
2000	5.77	8.39	9.97	2.82	8.49	10.03
2001	-2.17	7.21	0.64	0.41	3.84	-2.28
2002	4.25	8.91	1.84	0.14	6.97	4.04
2003	3.43	10.20	3.20	2.07	3.10	2.93
2004	6.07	9.90	8.60	2.74	4.73	8.72
2005	4.03	9.90	7.27	3.25	3.96	6.38
2006	4.90	11.10	6.80	2.40	5.00	7.90
2007	5.46	—	5.30	—	4.90	5.50

資料來源：IMF International Financial Statistics (IFS)； 行政院主計處「中華民國國民所得」；中華人民共和國國家統計局；Singapore Department of Statistics。政府基礎建設提列固定資本消耗等。

國際貨幣基金（IMF）2007-2008年亞洲四小龍經濟成長率預測值

	新加坡	香港	南韓	台灣
2008年	5.7%	5.0%	4.4%	4.3%

(2007.4.19工商時報)

亞洲開發銀行（ADB）2007-2008年亞洲四小龍經濟成長率預測值

	新加坡	香港	南韓	台灣
2008年	5.5%	5.2%	4.8%	4.5%

(2007.4.19工商時報)

4 我們的經濟表現輸給韓國

出口金額：在1994年前，台灣的出口金額都高於韓國，1994年被韓國趕過。政權輪替六年來，台灣出口平均每年僅增加6.7%，而韓國則增加11.2%，遠遠高過台灣。2000年韓國出口只高過台灣13%，至去年超過46%，台灣落後幅度不斷擴大。2007年前五月，南韓出口成長14.5%，遠高於台灣的6.8%。（2007.3.29 經濟日報）

出口世界排名：台灣出口在世界排名，於1985年成為世界第11位出口大國，當時韓國出口排名第13，落後台灣兩名；但至2006年台灣退到16名，韓國則晉升到第11名。（2007.4.14 經濟日報）

經濟成長率：政權輪替前的40年，台灣平均每年經濟成長率高達8.6％，高於韓國的7.9％；政權輪替後的七（2000-2006）年，兩國經濟成長率均下降，但台灣降幅遠大於韓國，驟降為3.71％，不僅落在韓國5.14％之後，且為台灣光復60年來，經濟成長率最低的時期。（2007.12.31 聯合報）

每人GDP：至於每人GDP，在政權輪替當年（2000年），台灣為14,721美元，超越韓國三分之一；但2006年韓國每人GDP躍升至18,372美元，反較台灣的16,494美元高出11.3％。換言之，這七年來台灣每人GDP只增加1,773美元，可是韓國卻增加7,531美元，是台灣增加額的4.25倍。可見政權輪替七年來，兩國經濟發展成就差異之懸殊。（主計處）

國民生產毛額：2006年南韓平均每人國民生產毛額（GNP）增加至1萬8,372美元，比前年成長11.9％，相較於台灣的1萬6,494美元，足足多出1,878美元。（主計處）

國民所得不增反減

行李箱都發霉了…去峇里島?去淡水八里比較實在…

在人均所得的部份，台灣在1999年政黨輪替前還贏韓國4,027美元，2005年 (15,668美元) 被南韓 (16,438美元) 超過，居四小龍之末。2006年差距再擴大為2,343美元；我國大學畢業生的平均薪資，則以2萬6遠遜於韓國的6萬2。

主要國家平均國民所得

單位：美元

年度	中華民國	香港	韓國	新加坡
2000	14519	25426	10938	23079
2001	13093	24778	10244	20897
2002	13291	24063	11572	21251
2003	15587	23021	12813	21974
2004	14663	23751	14271	25129
2005	15668	25191	16533	26968
2006	16030	26611	18481	30159

6 我們的薪資實質下降

2006年全國非農業初任人員的平均每月薪資是23,800元，比2000年還少了840元，下降3.4%，但這幾年間消費者物價一共漲了4.1%，所以實質下降7.5%。

初任人員平均每月薪資與物價

單位：新台幣(元)

年度	名目薪資	CPI (消費者物價指數)
2000	24,681	100.01
2001	未調查	100
2002	未調查	99.8
2003	23,742	99.52
2004	23,910	101.13
2005	23,321	103.46
2006	23,841	104.08
2006較2000年增減	-3.4%	4.1%

資料來源：國家政策基金會

我們漲得比你薪水快多了！

7 我們的中央政府負債驚人

七年來平均每人增加負債九萬一千多元

　　根據財政部最新統計，截至2007年12月底止，包括中央政府與地方政府的累積政府未償還債務餘額「實際數」為四兆八千五百億元，與2000年12月底的二兆七千餘億元相較，這七年暴增達兩兆一千餘億元，平均每人增加負債達九萬一千餘元。

　　由於國家財政赤字突破四兆元大關，台灣平均每一戶家庭要負擔政府65萬元債務。

政府財政惡化

　　1991年至1999年（政黨輪替前）中央政府債務餘額增加9,980億元，平均年增1,248億元，可是政黨輪替後的2000至2007年就擴增1兆7,077億元，平均年增2,439億元。

國債再創新高

　　2000年政權移轉時，中央長期負債只有2兆3,330億元，民進黨執政七年，擴增1兆7,077億元，高達4兆407億元，平均每年舉債金額2,439億元，為國民黨執政時期的2.3倍。連同地方政府之長期負債，債務餘額達4兆8,500億元，占GDP比率40%。包含隱藏債務計達11.8兆元。（資料來源：九十七年度中央政府總預算整體研析/韋伯韜）

政府公債近年已經增加四兆，平均每人剛出生就負債18萬，歡迎加入負債一族！

8 投資環境越來越差

　　世界銀行2007年9月發表「2008年全球商業環境報告」，新加坡商業環境排名全球第一，其次為紐西蘭、美國、香港、丹麥。同為亞洲四小龍的台灣名列第50名，在亞洲落後於新加坡、香港、日本(12)、泰國(15)、南韓(30)、馬來西亞(24)。(The Doing Business 2008)

商人經商本無政治立場，只要能賺錢就好，我們的經濟環境這幾年真的太糟了！怎麼招商？

招商中

全球商業環境排名（亞洲地區）						
國家	新加坡	香港	日本	泰國	南韓	馬來西亞	台灣
2006 排名	1	5	11	18	23	25	47
2007 排名	1	4	12	15	30	24	50

資料來源：世界銀行「全球企業環境」，2006.9.27聯合晚報

在2006年，台灣企業環境竟輸給蒙古，在2007年更輸給保加利亞（46），東加王國（47），羅馬尼亞（48）和阿曼（49）

國際商會評比下降

1. 美國商會2006年12月月刊評論指出：「台灣過去6年來政府體質不佳、沒有遠見，找不到區域定位，台灣正逐漸變成亞洲區域的「邊陲地區」。（2007.3.4 工商時報）

2. 歐洲商會2006年10月26日發表的發展藍皮書指出「台灣已經喪失競爭力」。2005的用語則是「可能」喪失競爭力。(2006.10.27 聯合報)

3. 歐洲商會2006年10月26日的建議藍皮書指出，台灣經濟存續及未來繁榮發展的關鍵，是與中國大陸經濟關係正常化。如果兩岸關係不能儘速正常化，歐洲企業將沒有興趣大舉投資台灣。該建議書說，政府未解除兩岸商業往來的關鍵限制，阻礙了人力、貨物、資本的自由流通。不合理的限制包括禁止直航、限制大陸人士來台或工作、兩千多項大陸商品禁止進口、台商在大陸的投資上限等，在在影響歐洲企業在台的擴展。(2006.10.27 聯合報)

4.發展服務、觀光產業是台灣另一條可走的道路。但是兩岸關係的不正常，也扼殺了此一生機。歐洲商會2005年度的建議書就指出，政府不斷表示要發展服務業，拓展觀光，但是歐美來台的觀光客源明顯不足，導致許多歐洲航空必須空機來台，成本被迫墊高，不得不退出台灣市場。(2006.10.27 聯合報)

經濟自由度退步

1.美國傳統基金會與華爾街日報公布「2008年全球經濟自由度指數報告」，台灣排名25。(2008.1.16 聯合報)
2.前金融研訓院院長薛琦：美國傳統基金會公布的經濟自

由度排名，台灣從26名下滑到37名，以往台灣都在11名左右，排名下滑，顯示政府對二次金改的介入太深；以油價來看，政府一方面說要省能源，一方面卻刻意壓低油價，政策不一致的程度，各界都看在眼裡，也因此瑞士洛桑國際管理學院(IMD)對我們政府政策的一致性，評價很低。(2006.9.27 經濟日報)

台灣金融不健全，再降14名到114名！

新出爐的評估報告中，台灣除了「金融市場成熟度」大幅下滑11名以外，在「體制」方面也退步7名為37名，包括小股東權益的保護(排名第69)，大眾對政治人物的信賴(排名第57)、司法獨立(第53名)等細項的排名均落後。

⑨ 股市原地踏步

上市公司總家數下滑

截至2007年12月，台灣上市公司為698家，較2004年只增加一家。比起亞洲其他四小龍成長的家數，台灣還是殿後，南韓上市家數為742家，比去年增加11家；香港1027家，增加52家；新加坡581家，較去年增加22家。(2007.12.31 經濟日報)

港韓滬股衝衝衝，慘綠台股跌跌跌

台股2007年終收在8,506點，只較2006年上漲8.72%，落後絕大多數亞洲股市，僅優於日本及紐西蘭，讓台灣股民非常「鬱卒」。

2007年亞股中仍以中國大陸的漲幅最兇悍，深圳股市全年狂漲162.81%，上海股市也有近96.66%的漲幅。鄰近的香港股市更是價量大漲，連續五年收紅，全年漲幅超過39%，創下1999年以來最大的單年漲幅。

港股2007年從年初的2萬點起漲，到10月一度站上3萬多點，主要是受到「港股直達車」的激勵，中國政府打算開放一般投資人直接投資港股，但政策延後實施，港股也

下修13％，去年收在2萬7,812點。（2008.1.1 經濟日報）

　　據中央銀行統計，1997-2006年台灣資金外移從事證券投資達6兆台幣，其中2006年就1.4兆。（2007.10.17 經濟日報）

股市是經濟的櫥窗啊！我們輸人家一大截耶….呼

10 我們的產業紛紛外移

最近數年來，台商出走、資金外流嚴重，經濟一直惡化不振，根據《經濟日報》報導統計2005年資金外移就達1兆2,000億元。（2007.8.7財團法人國家政策研究基金會）

國內投資於2000年政黨輪替當年達到高峰後，連續三年衰退，以2003年與2000年國內投資比較，三年衰退24％，合計減少投資達1.57兆元，相當於一年沒有投資。（2004.3.25 經濟日報）

　　中華徵信所公佈對國內集團企業調查發現，集團企業積極展開全球布局，中國除外，馬來西亞成為國內300大集團企業海外投資營收和家數最高的國家，此外台灣接單、海外生產的比率，四年來成長超過四成，製造業在台灣嚴重萎縮。

　　中華徵信所分析，2006年度台灣接單海外生產比率為42.3％，2007年11月攀升到46％，近一步分析發現，從2004年開始逐年變化是，32.1％、39.9％、42.3％、46％。四年來台灣接單海外生產成長43.3％，由此推估到2011年海外生產比率可達65.64％。企業積極全球佈局，四年後除了少數高技術門檻產業以及內需型工業，其他製造業恐在台灣逐步消失。不只如此，服務業也積極前往中國大陸和越南發展。（2007.12.26 聯合晚報）

11 我們的外商越來越少

　　民進黨執政以來，台北美國商會會員廠商已大量減少，據《經濟日報》（2004.3.25）報導，美國商會會員家數自過去600多家減至400多家，歐洲商會會員也自400多家降至300多家，撤資的歐美廠商都搬到大陸去了。因此，美國商會每年所進行的「企業信心調查」，或歐洲商會每年所提出的建議書，都將「改善投資環境」與「開放兩岸直航」，列為最大訴求，政府雖口頭接受並承諾進行，但都未採取實質行動。在台建廠的美歐會員廠商撤退達四分之一。

　　在2007年5月31日美國商會發佈白皮書，再次強調這兩項的重要性，尤其是直航「Just do it!」。

我們的港口競爭力下滑

高雄港排名連年下滑

2007年全球10大貨櫃港排名

國家	新加坡	香港	上海	深圳	釜山	鹿特丹	台灣	杜拜
排名	1	2	3	4	5	6	7	8

資料來源：2007.6.27經濟日報

　　高雄港最好的成績在2000年，當時高雄港貨櫃量在全球排名第三，僅次於香港與新加坡，經過七年，新加坡挾完善的服務體系，囊括中南半島與印度的轉運貨櫃量，仍然穩坐全球龍頭，香港2007年雖然被上海追上，但還在前三名。

　　反觀高雄港，這七年來貨櫃總排名一路往下滑，到2003年已退到第6名，2007年已被爭取歐陸市場獲勝的鹿特丹追上，名列第7，2008年預計還會輸給杜拜。

　　仔細分析這幾年的細部資料，高雄港雖然2007年已突破1000萬個TEU（標準貨櫃），比2006年成長約5％，但最重要的進出口貨櫃裝卸量卻年年走下坡，雖然2007年前九個月有7％的成長，卻比不上其他國際大港動輒百分之十幾的成長速度。

資料來源：聯合報、國家政策基金會

高雄港排名從六掉到八

根據交通部的最新統計，高雄港的全球排名，除已確定被荷蘭鹿特丹超越，也有可能落於杜拜之後，從2006年的第六掉至第八。

交通部航政司長林志明表示，荷蘭鹿特丹早在2007年11月就慶祝貨運量突破千萬，高雄則是在12月24日才超過千萬的，因此高雄港的全球排名，確定無法維持前年的第六名。（2008.1.9 工商時報）

13 我們的貿易順差 只靠中國大陸

　　台灣資源貧乏、市場狹小，出口的消長，常是台灣經濟榮枯的關鍵。在政權輪替前的1999年出口1,237億美元，2007年增至2,467億美元，增加1,230億美元；主要因台商到大陸投資，其所需設備、原材料、零組件、半成品等，多向台灣購買，誘發了台灣對大陸出口。八年來台灣對大陸（包括香港）出口增加近600億美元，占總出口增加的60％；這六成就是台商的貢獻。若不是對大陸出口的大幅增

謝謝惠顧

呼

我們的貿易順差最大來源是中國大陸，卻不開放三通，眞是傷腦筋。

加，台灣對大陸以外地區的出口每年只增加5.2％，較總出口增加8.9％，下降40％，其情況將更慘！

由於台灣對大陸進口還有很多限制，以致台灣對大陸貿易，是出口多進口少，每年都有巨額出超；七年來累計對大陸出超高達3,000億美元，是台灣總出超1,259億美元的2.36倍，若不是對大陸的巨額出超，台灣早已成入超國家了。對大陸的巨額出超，不僅讓我們的外匯存底持續增加到2,700億美元；更因出超的不斷擴大，創造大量國外需求，在近七年來內需不振的情況下，外需的擴大成為支撐經濟成長的主導力量。（2007.12.13 經濟日報）

失業率越來越高

　　由於投資不足、經濟不振，目前失業率雖略降，但仍較政權輪替前高出1個百分點，失業人口八年來增加48％。2002年失業率還曾到達5.17％的高峰，2006年也只回降至4％以下。民進黨執政後，失業率增加將近一倍，顯性和隱性失業人數至2007年已達61萬。

近10幾年來經濟成長率、失業率、失業人數變化情形

項目	國內生產之支出（%）	失業率（%）	失業人數（千人）		隱藏性失業A+B（千人）
			失業者(A)	仍待業者(B)	
1997	6.59	2.72	256	107	363
1998	4.55	2.69	257	115	372
1999	5.75	2.92	283	142	425
2000	5.77	2.99	293	147	440
2001	-2.17	4.57	450	201	651
2002	4.64	5.17	515	225	740
2003	3.50	4.99	503	229	732
2004	6.15	4.44	454	230	684
2005	4.16	4.13	428	209	637
2006	4.89	3.91	411	198	609
2007	5.70	3.91	419	191	610

資料來源：行政院主計處

15 我們的消費能力快速下滑

AC尼爾森最新出爐的「全球消費者信心指數調查」，台灣消費者信心指數，為全球倒數第四名，2007年上半年度萬事達卡國際組織針對亞太區的消費者信心指數為64.3，不但高於歷史平均值59.5，相較於六個月前的57.4及一年前的57.7，都有明顯成長。

同年12月公佈下半年度的結果，台灣僅上昇0.4，敬陪末座（29.7），消費者對於就業（14.1）及生活品質（19.6）的信心更是亞太區市場中最低，顯見台灣消費者對於2008年上半年的消費信心呈現悲觀的態度。

亞太區消費信心指數排名

排名	國家	分數
01	越南	93.7
02	香港	88.8
03	新加坡	82.5
04	中國大陸	81.2
05	日本	68.3
06	泰國	65.1
07	印尼	62.5
08	新西蘭	61.0
09	菲律賓	57.2
10	澳洲	45.3
11	馬來西亞	37.5
12	台灣	30.8
13	韓國	29.3
平均分數		64.3

資料來源：萬事達卡國際組織

16 我們的新台幣越來越不值錢

　　全球升升升，台幣獨貶，堪稱是2007年最弱勢的貨幣，台灣人出國Shopping不敢再狂殺！

　　對喜歡出國旅遊、購物的台灣民眾而言，2007年真是國人最悲情的一年。因為2007年全球各主要貨幣幾乎清一色對美元巨幅升值，其中以加拿大幣和泰銖漲幅最高，年初至今上漲了16％和15％，就算不動如山的人民幣今年也一路創新高，上漲了6.55％，唯獨台幣年初至今不僅沒升值，還小貶了0.3％，堪稱是2007年最弱勢的貨幣，難怪台灣人出國Shopping少了以往的狂殺動力。

（2007.12.31 聯合晚報）

17 政府清廉度排名下滑

　　國際政經風險顧問2007年1月到2月間，針對亞洲13個國家與地區1,476名企業主管對亞洲經濟體廉潔度的觀點進行調查，得分以1到10來計算，10分代表貪污最嚴重，得分愈低表示廉潔度愈佳。調查結果顯示，新加坡得分1.2分，蟬聯亞洲最廉潔經濟體，甚至比去年的1.3分進步。第2、3名分別是香港與日本，也都比2006年進步。

　　台灣的廉潔度則排名在第4名的澳門之後，名列第5，得分為6.23，比去年的5.91分要差。（2007.3.13 中央社）

18 我們的國際機場被——超越

以前機場出入境都擠滿了商務人士跟觀光客，現在都不用排隊空蕩蕩。

設備又老舊，看起來更悲傷...

招待外國朋友來都很不好意思...唉

香港：為保住其亞洲轉運中心地位，不惜耗費鉅資炸山填海，興建赤鱲角新機場。

上海：為展現中國金融中心氣勢，與亞洲其他城市與機場競爭，也在短時間內興建完成浦東新機場。

韓國：雄心勃勃要做東亞空運轉運中心，在首都首爾近郊騰出4,800公頃土地，從2001年開始興建仁川國際機場，目前完成前二期建設，不但機場內部整潔明亮，多項服務設施也讓旅客相當滿意。

台灣：在台灣鄰近機場急起直追下，規劃十餘年的台灣桃園國際機場三期航廈，因外籍旅客來台數量有限，兩岸又未直航，政府評估後認為無興建必要。另外，政府決定要塑造國家門戶意象，宣稱要整修桃園機場一期航廈，三年來卻一直停留在紙上談兵階段，毫無進度。

瑞士日內瓦的國際機場協會ACI(Airports Council International)調查顯示，南韓仁川機場以服務旅客的品質出類拔萃，連續兩年榮膺「全球服務最佳機場」，前五名中，亞洲機場包辦了四名。香港國際機場蟬聯第二，馬來西亞吉隆坡國際機場和新加坡樟宜機場分居第三和第四，第五名則是美國德州的達拉斯沃斯堡機場，桃園機場並未列入排名，據了解是沒有參加評比。

(2007.3.14 經濟日報)

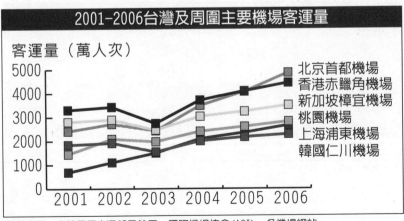

2001-2006台灣及周圍主要機場客運量

客運量（萬人次）

北京首都機場
香港赤鱲角機場
新加坡樟宜機場
桃園機場
上海浦東機場
韓國仁川機場

資料來源：中華民國交通部民航局、國際機場協會(ACI)、各機場網站。

19 台灣貿易排名再降

世界貿易組織(WTO)最新資料顯示，台灣貿易總額的世界排名在連續兩年為全球第16名後，2006年再度滑落一名，成為第17名，出現WTO有統計以來的最差紀錄，也是亞洲四小龍之末。韓國位居12名，香港以及新加坡，則分別居11名與15名。

(2007.4.18 聯合報 、2007.4.18 經濟日報)

2006全球貿易總額排名-亞洲四小龍

國家	香港	南韓	新加坡	台灣
排名	11	12	15	17

2006年全球貿易進出口排名

出口額排名		進口額排名	
德國	1	美國	1
美國	2	德國	2
中國	3	中國	3
南韓	11	香港	11
香港	12	南韓	13
新加坡	14	新加坡	15
台灣	16	台灣	16

資料來源：WTO

20 台灣旅遊人口增加緩慢

觀光總收入成長緩慢

　　根據世界旅遊及觀光委員會(WTTC)最新統計，2006年台灣觀光旅遊總收入達344.3億美元，成長率為5.75%，是全球第29大觀光經濟體，但落後日本、大陸、南韓、泰國、香港以及印尼等亞洲鄰國，位居亞洲第9名。

(2007.4.19 經濟日報)

政府觀光支出預算偏低

　　觀光局長賴瑟珍：世界經濟論壇2007年觀光競爭力評比，台灣觀光支出在總預算所占比例卻是124個國家中排名第94，還有很大的努力空間。

(2007.4.19 聯合報)

21 台灣正迅速邊緣化

外電報導，美韓二國96年6月30日簽署自由貿易區協定（FTA），預定2009年生效。雖然經建會經研處長指出，此舉將影響台灣每年總產值約二十億美元，僅占台灣出口至美總金額的3％到5％。經濟部長陳瑞隆則表示，美韓FTA只會使傳統產業競爭力受挫。最樂觀的台灣智庫學者也認為：這對台灣而言不會是致命的打擊，「了不起就是一整年經

台灣的優勢就是靈活的頭腦，積極的行動力...

所以台灣雖小卻能在世界上舉足輕重！

從之前的雨傘、皮鞋到後來的鍵盤、記憶體跟筆記型電腦，台灣都是世界之王啊！

但是大陸崛起，擁有同樣文化優勢的我們卻沒能掌握機會！

卻都在政治空轉喊口號，喪失了原本優勢....唉

台灣要發揮我們的特色才能在世界上發光發熱，才不會被邊緣化成為東南亞的一個小島！

濟完全沒有成長」，但是，這些看法不是沒有體認到問題的嚴重性，就是半夜吹口哨壯膽，《中國時報》社論就指出：

「台灣有許多產品都是將部分製程在台灣完成，再將半製品輸往中國大陸或東南亞地區加工，最後再將製成品輸往歐美諸國。因此台灣在全球競爭環境中，往往僅參與了若干產品的部分製程，而其餘製程就要靠東協加一、加三、加六各國參與完成。當東協加一、加三、加六簽定FTA，且美國亦與中、日、韓等國分別完成簽署之後，台灣所面臨的衝擊，就不再只是台、美與韓、美直接貿易的取代，而很可能是使原本台－中－美的生產加值過程，改由韓－中－美的加值鏈所取代。這樣間接貿易路線的改變，其金額後果就遠超過二十億美金了。2006年兩岸貿易，台

灣出口至對岸的金額為六百三十三億美金，只要其中30％會受到東協加N的影響，就是兩百億美金的規模，這樣的貿易巨浪，台灣承受得了嗎？」(2007.4.5 中國時報)

政府不積極加入亞太經貿事務

1. 美國和南韓簽署自由貿易協定(FTA)談判定案，經濟部初步統計，美韓FTA可能會使台灣經濟成長率損失零點零五個百分點；美、韓加強投資技術合作後，也可能會排擠美商在台灣的投資。(2007.4.3 聯合報)

2. 南韓是美國第七大貿易夥伴，美國則是南韓第二大貿易夥伴(僅次於中國)，2004年，雙邊貿易額近720億美元。過去十年間，美國對南韓的直接投資近300億美元。2004年更比前一年度成長280％，達47億美元。美國國際貿易委員會的研究指出，美韓簽訂FTA，將讓美國對南韓出口增加200億美元。美韓FTA若形成，將成為NAFTA之外，美國的第二大自由貿易區。(2006.3.10 美韓FTA談判的警示/蕭萬長)

3. 一名肩負推動台灣與美國簽訂自由貿易協定(FTA)的官員指出，如果將大陸已經簽訂或正在協商FTA中的國家用一條條線連接起來將會發現，大陸正在亞太地區編織一張綿密FTA經貿網，台灣就落在這張網外。
(2007.1.15 經濟日報)

台灣被屏除在東協之外

　　「東協加六」16國的人口合計31億人，幾占全球人口之半，其全體國內生產毛額達10兆美元，也幾占全球GDP的1/3，貿易總額超過5兆美元，約占全球的1/4。「東協加六」自由貿易區的形成，足與歐盟、北美自由貿易區分庭抗禮，三足鼎立，其在全球重要性不言而喻。而問題關鍵是，台灣被排斥在外，可是「東協加六」的16國，又是台灣出口的重要集中地，高占台灣總出口的2/3；當「東協加六」正式形成自由貿易區，其區內絕大部分產品進口關稅降至0.5％甚至零，而台灣產品進入該等國家需要按正常稅率繳納進口關稅，則如何與其區內國家產品競爭，尤其日本及韓國產品與台灣接近，是台灣最強勁的對手國。因此，「東協加三或加六」自由貿易區的形成，對台灣未來經濟將產生極嚴重的衝擊。

（2007.1.25 經濟日報）

53

22 我們的痛苦指數上升

貧富差距越來越大，痛苦指數節節攀升

　　據統計，台灣在家庭所得部分：2000年之前的30年間高、低所得分配差距倍數在4.2～5.5倍之間，2001年遽增至6.39倍，2003年為6.07倍，2006年則仍維持在6.01倍。根據經建會國民所得分配問題，台灣高低所得組的勞動報酬差距，從83年的7.11倍擴大到93年的11.95倍，高所得者平均年收入超過170萬，低收入者一年卻只有14萬。

台灣低收入戶情況

年代 戶數	低收入戶 人數（人）	低收入戶人數 佔總人數比率（%）
1999	136,691	0.62
2000	156,134	0.70
2001	162,699	0.73
2002	171,200	0.76
2003	187,875	0.83
2004	204,216	0.90
2005	211,292	0.93
2006	218,151	0.95

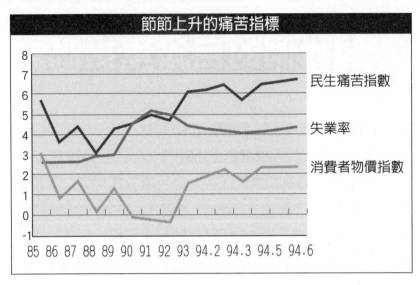

節節上升的痛苦指標

民生痛苦指數

失業率

消費者物價指數

85 86 87 88 89 90 91 92 93 94.2 94.3 94.5 94.6

23 我們的自殺率提高

　　民進黨執政期間，自殺死亡的人有2萬3千多，2006年平均每2小時就有1人放棄為生活奮鬥。

　　衛生署2006年10大死因中，幾乎所有疾病死亡率都下降，但自殺死亡率卻不降反升，增加1.1%，2006年共4,406人自殺死亡，比2005年又增124人，平均每天12人死於自殺，每2小時就有一人，自殺死亡人數創下了51年來新高。

　　儘管2006年台灣地區自殺死亡率的排名與2005年相同，都位居第九名，但自殺已經成為國內青壯年死亡的最主要原因。

　　以15至24歲的青年為例，不管男性女性，自殺都是死亡原因的第2名，2006年共有237名青年以自殺方式來結束生命；25至44歲的壯年人口自殺人數則更多，共有1,866人。

　　面對自殺率的逐年升高，國內社工團體及學校輔導人員卻是有著沉重的無力感，據統計，台灣地區平均每五天，就有一名學生自殺成功，隱藏在數據背後的是10倍甚至20倍的企圖自殺人數。（2007.6.14 聯合晚報）

 24 # 台灣大學生
越來越不值錢

1. 根據Newsweek（2006）報導，世界100大名校，美國占了53所學校，台灣為0；美國（2003年）研究生、大學生週薪各為1,064與900美元，為高中生544美元的1.92與1.65倍；然而台灣研究生與大學生平均每月薪資（2005年）各為新台幣30,204元與26,066元，為高中生20,553元的1.47與1.27倍。（2007.4.18 經濟日報）

2. 由上述資料顯示，台灣研究生與高中生薪資差距遠不如美國大學生與高中生的差距，此現象反映了台灣高等教育培育人才價值遠遠不如美國高等教育。

3. 此外，2006年工業及服務業部門大學及大學以上畢業生初次任職者起薪28,209元，比2000年少934元，顯示出大學教育與整體就業環境無法相互提升的窘境。

　　媒體報導南韓大學畢業生2007年起薪超過新台幣七萬元，是我國大學畢業生的兩到三倍以上，勞委會特別開記者會，強調韓方的數字是百人以上大企業的薪水，本來就高於平均，加上韓國物價高於我國，所以並沒有「兩到三倍」的差距。不過即使根據勞委會的數據，把物價因素計算進去，韓國大學畢業生的收入，仍是台灣的1.6倍。（2007.11.21 聯合報）

25 政治穩定度排名殿後

根據最新的AC尼爾森全球消費者信心指數調查，國人三大憂心的議題：經濟狀況、工作保障、政治穩定以及健康，但是台灣人對「政治穩定」整體擔憂的比率，在2006年仍高居全球第二。

最擔心「政治穩定」前10名國家		
第1名	46%	泰國
第2名	45%	台灣
第3名	35%	土耳其
第4名	34%	菲律賓
第5名	32%	捷克
第6名	30%	波蘭
第7名	27%	義大利
第8名	26%	印尼
第9名	23%	法國
第10名	22%	印度

註：百分比為表達擔心的受訪者比率　資料來源：AC尼爾森市場調查中心

後2008台灣經濟願景

奮鬥！奮鬥！不要洩氣！
只要政黨輪替，
台灣社會就可以再全力拼經濟。
在馬蕭團隊的精心擘劃下，按部就班，
重新創造台灣的經濟奇蹟！

① 什麼是633計畫？

　　馬蕭團隊計畫2008年後每年經濟成長率6％以上，到2016年每人國民所得倍增將到達30,000美元，四年內失業率低於3％。

2 我們的經濟成長率將達6%

民進黨執政後，政策反覆，許多重大建設難以落實延續，期間還換了六任經濟部長。這七年多的經濟停滯，令曾是亞洲四小龍的台灣人民面上無光，甚至曾在2001年創下經濟成長率負成長（-2.2％）的慘澹紀錄。馬蕭團隊計畫執政後，全力拼經濟，讓人民都幸福，經濟成長恢復到每年6%以上的水準。

633計畫之2

3 國民所得破三萬美金

　　過去七年多，我們的國民所得只增加1,990美元，馬蕭團隊承諾執政後，在八年內將國民所得突破至三萬美金，讓民眾不會只是眼睜睜看著物價油價飛漲，變相縮減自己的荷包。

國民所得在八年內破三萬美金，邁向已開發國家！抓住中國熱跟文化優勢，這決不是夢！

30000 USD

633計畫之3

4 失業率四年內 低於3%

　　民進黨執政後，失業率增加將近一倍，廣義失業人數高達60萬；馬蕭團隊研擬了多種活絡經濟的方案，其中包括將台灣打造為全球創新中心、開放大陸觀光客、全力發展觀光業、進行愛台12建設……等等，期望用全面性的經濟改革，增加工作機會，降低國民的失業率至3%以下，減少因就業不易而造成的社會問題。

希望在四年內把失業率降到百分之三，畢竟失業拖垮的是一個家庭啊！

5 重振台灣經濟實力的三步驟

　　馬蕭團隊針對全球化及區域經濟整合的挑戰，提出了基本經濟戰略思維。具體構想可以用十二個字來形容，就是「壯大台灣，結合亞太，佈局全球」，希望擴大台灣產業現有的優勢，以此來實現經濟戰略的三大願景。

「壯大台灣，結合亞太，佈局全球」，希望以此三大步驟來實現經濟戰略的三大願景！

6 將台灣規劃為全球創新中心

　　讓台灣成為全球科技與產品的創新中心，是馬蕭團隊經濟戰略構想的一環，宣示未來產業的新趨勢，集中資源，以提升台灣生產力、競爭力，創造更多投資機會，促進新興產業發展。

台灣經濟的藍海策略在「創新加值」，有創意才有好生意！孵出文化創意產業的雛形來！

7 推動台灣成為亞太經貿樞紐

　　馬蕭團隊執政後將推動台灣成為亞太營運管理、金融服務、產業集資、倉儲轉運的平台及跨國企業的亞太營運中心，以強化台灣服務業成長的驅動力量，並和製造業串連成帶動經濟成長的雙引擎。

亞太營運管理

金融服務

產業集資

跨國企業

倉儲轉運平台

8 打造台商營運總部

　　馬蕭團隊計畫以雙航圈、雙中心的戰略地位，把台灣作為核心來整合全球與亞太市場的商機，讓台灣成為本土企業創造價值和支援全球活動的營運總部，也讓台商得以全球布局，根留台灣，事業在海內外同步成長：

‧「雙黃金航圈」及「雙營運中心」計畫：利用台灣地理優勢，推動東北亞及東南亞雙航圈。

‧以「矽谷-台北-上海」及「東京-台北-上海」的策略性連結，建構高科技之「雙黃金三角」，提升台灣在全球高科技發展的關鍵角色。

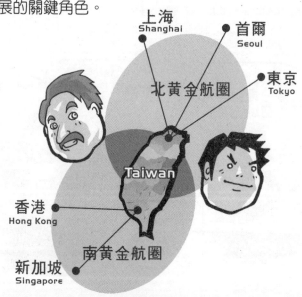

9 推動優質台商回台上市

　　台灣赴大陸投資創業的企業，不但協助了整個中國大陸的經濟發展，自己也不停成長、壯大，我們一定要把這些優質的台商和他們的資源召喚回來，再創台灣蓬勃的商機。

　　馬蕭團隊的構想是：用「雙航圈、雙中心」的策略，培養台商的柔性競爭力，鼓勵台商回流投資台灣，來創造總體經濟的剛性成長力。以務實開放的精神，發展台灣全區為自由貿易區，引進全球資源、資金及人才建設台灣，使台灣成為台商的全球營運中心，外商的亞太營運中心。

10 我們的股市 從萬點起跳

　　台灣的股票指數最高時曾達萬點，民進黨執政後立刻遽降至4,300點，其後雖然屢有升降，但是由於執政者的經濟政策搖擺不定，經濟戰略思維和整個中國、東亞、南亞的興起背道而馳，導致台資出走、外資駐足不前，陸資捨近求遠，紛往別處投資，目前，台灣股市指數仍在八千多點徘徊。

　　馬蕭執政後，一定立刻將主要經濟障礙掃除，經濟政策鬆綁，讓國內外資金不受非經濟因素的干擾，讓台灣股市從萬點起跳。

好久沒見過股票上萬點了…別忘記股市是經濟的櫥窗，只要基本面搞好，**萬點只是個開始！**
到時我就可以解套了…

11 活水經濟救台灣

　　民進黨執政後，不斷以假議題模糊真問題，在經濟政策上閉關自守，馬蕭團隊認為必須推動兩岸經貿動態調整，以「活水計畫」取代「鳥籠政策」，有以下方案：

(1)展開兩岸直航談判，實現兩岸直航，初期以七個機場為兩岸直航機場。

(2)開放陸資來台投資生產事業。

(3)適度鬆綁對大陸投資40％淨值比例上限及產業別限制，但鼓勵關鍵技術留台。

開放三通直航

・馬蕭團隊執政後立即宣布將桃園中正、台中清泉崗、台北松山、高雄小港、澎湖馬公、花蓮、台東等七個機場列為兩岸直航機場。

・立刻展開兩岸直航談判，將「節日包機」變成「周日包機」，再逐步擴大為平日包機，也就是「包機正常化」，最後將「包機」轉為正式「班機」。

・全面開放小三通，解除既有的各種限制。

・開放基隆港、台北港、台中港、高雄港、花蓮港、嘉義布袋港及台南安平港貨運直航。

鬆綁大陸投資40％限制

　　目前政府對不同行業赴大陸投資一律採取硬性的40％限制，馬蕭團隊認為這並不合理也不符合企業需求，應檢討鬆綁；另外，亦可考量以技術管制做為限制的手段，鼓勵關鍵技術留台。

12 參與全球經濟整合活動

　　面對全球熱錢湧向亞洲的經濟趨勢，身為亞洲經濟體之一的台灣，卻一直在幾個重要貿易協定之外，因此，未來我們的政府應該跟上世界經貿潮流，積極與國際貿易組織互動，馬蕭團隊推出下列計畫，主動出擊讓台灣經濟熱起來：

- 在WTO架構下與各國洽簽自由貿易協定（FTA）或「全面經濟合作協定」（CECA）。
- 推動APEC架構下的自由貿易協定。
- 參與國際貨幣基金、世界銀行及經濟合作暨發展組織等國際財經活動。
- 結合東亞，突破參與區域合作瓶頸，結合產官學力量，推動「東亞區域整合論壇」，為台灣的制度化區域經濟整合，凝聚共識。
- 參加東協加三、加六等新興合作機制。
- 逐步實現「全區自由貿易區」。

13 讓貧富差距四年內降至六倍以下

台灣社會近年來貧富差距越來越大，國民黨執政時期，高、低所得分配差距倍數還維持在4.2～5.5倍之間。民進黨執政後，始終維持在六倍以上的高檔。馬蕭團隊承諾當選後，會大力改善台灣經濟環境，縮小貧富差距，務必要縮減到六倍以下，不讓台灣家庭出現「窮小孩怕過年，富小孩天天過年」的M化怪象。

14 政府科技研發預算 年成長率10%以上

高科技產業是台灣經濟與貿易最重要的支柱之一，首重研究發展，過去台灣在政府帶頭推動下，為我們的科技產業取得了領先優勢與國際競爭力。民進黨執政後，此一優勢漸漸失去，未來我們要更努力在科技研發上面，維持政府研發經費每年10%以上的成長，以帶動產業升級，此外，更進一步提升南台灣地區的科技研發產能，一方面分工合作，一方面均衡南北產業差異。

高科技產業需要預算研發才能產業升級，政府帶頭，更可提升競爭力！

15 全國研發經費四年內達GDP之3%

在快速變遷的國際環境下，迅速靈活地回應新技術、新觀念、新環境的挑戰，成為一個國家競爭力最重要的指標，未來，我們的中央政府將更強調前瞻性的思維、強調研究發展的業務，並在四年之內，使全國研發經費佔GDP之3%。

所有企業創新都要靠研發，政府部門當然也不例外，未來研發支出四年內要達GDP之3%

讓來台灣的觀光客迅速再增加300萬

馬蕭團隊計畫執政後加速開放大陸觀光客來台。

初期以每天3,000人來台，第一年100萬人為目標，則第一年就可創造約600億元收入及4萬個就業機會。

運轉成熟後，再以每年300萬人次來台為目標，則可增加約10萬個就業機會。

由於高雄小港機場是南部唯一的國際機場，如能結合南部縣市整合觀光資源，吸引大陸觀光客「北進南出」或「南進北出」，更將可使高雄市成為「南台灣觀光門戶」。

17 愛台十二建設

　　過去，蔣經國總統以十大建設開創台灣經濟新紀元，未來，馬蕭團隊將以12項優先公共建設再創經濟新奇蹟！

　　台灣已經空轉了七年，經濟成長減半、公共投資負成長、失業倍增、自殺率倍增，必須政黨輪替、重新出發。馬蕭團隊以經濟成長、社會公義與環境保護為方針的「經濟發展新藍圖」系列，首先推出愛台十二建設。它包括了：

1. 全島便捷交通網
2. 高雄自由貿易及生態港
3. 台中亞太海空運籌中心
4. 桃園國際航空城
5. 智慧台灣
6. 產業創新走廊
7. 都市及工業區更新
8. 農村再生
9. 海岸新生
10. 綠色造林
11. 防洪治水
12. 下水道建設

i Taiwan 12 Projects

infrastructure	innovation
investment	intelligence
information	international

馬蕭團隊計畫將在八年內投資3兆9,900億元（政府投資2兆6500億元、民間投資1兆3,400億元）來推動十二建設，每年提供12萬個就業機會，並在12項建設工程帶動之下，希望能夠達成經濟成長6％以上，國民所得3萬美元，失業率3％以下的633目標。

18 全島便捷交通網

愛台十二建設之1

（1兆4,523億）

(1)北中南都會區捷運網

北部都會區捷運網路：

- 連續三年被倫敦帝國大學選為Nova級及CoMET級會員中，全世界最可靠的台北捷運網，預計將大幅擴大連接到土城、三峽、鶯歌、萬華、中和、樹林、安坑、汐止、淡海等地。
- 基隆–桃園–台北軌道串連。
- 建造社子、士林、北投區域輕軌路網。

中部都會區捷運網路：

- 中部都會區捷運網路將連接台中、烏日、彰化、豐原、梧棲、大里、霧峰、草屯、南投等地。

南部都會區捷運網路：

- 嘉義高鐵站到市區。
- 台南捷運。
- 興建高雄捷運延伸至岡山、路竹、屏東等地並續建後期網路。

(2) 北中南都市鐵路立體化及捷運化

(3) 東部鐵路電氣化與雙軌化

(4) 台鐵新竹內灣支線、台南沙崙支線以及東線客車購置等計畫

(5) 高速公路與快速道路的系統整合

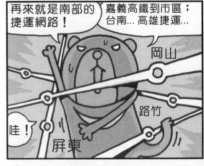

愛台十二建設之2

19 高雄自由貿易及生態港
（577億）

(1) 高雄港洲際貨櫃中心建設
(2) 建設港區生態園區並設立海洋科技文化中心
(3) 改造旗津地區成為高雄國際級海洋遊樂區
(4) 哈瑪星、鼓山、苓雅等舊港區之改造計畫
(5) 高雄國際機場擴建倉儲物流設施，並改善周邊交通

愛台十二建設之3

台中亞太海空運籌中心（500億）

(1) 建設台中港、台中機場、中科、彰濱間運輸網路，以發揮亞太海空運籌中心功能

(2) 中部國際機場擴建及新建航空貨運站

(3) 設立倉儲物流及加工增值專區

愛台十二建設之4

21 桃園國際航空城 (670億)

(1) 推動「桃園國際航空城特別條例」，
打造亞太國際航空城

(2) 民國107年興建完成第三航廈，
並陸續興建第四航廈、第三跑道等

(3) 整建第一航廈

(4) 建構完善的航空城聯外交通建設

推動航空城提昇周邊機能

- 配合三通直航，推動「桃園國際航空城特別條例」立法，將桃園機場打造成6,150公頃的亞太國際航空城。
- 以現有桃園航空城貨運園區為中心，擴大「自由貿易港區」，總面積500公頃。
- 建立「航空相關產業帶」。
- 建立「經貿展覽園區」。
- 設置「生活機能區」。
- 建立「精緻農業發展帶」。

建構完善的航空城聯外交通建設

· 馬蕭團隊預計執政六年內完成中山高五股楊梅段拓寬工程，執政後四年內桃園國際機場捷運如期通車營運。

台北接軌桃園，構築北台灣交通路網

· 台北到機場捷運延伸到中壢火車站。
· 完成桃園與中壢鐵路高架化工程及台鐵捷運化。
· 完成桃園都會區捷運系統第一期路線，至高鐵桃園車站向東經南崁、桃園火車站到八德市。

愛台十二建設之5
智慧台灣
（2,250億）

智慧台灣（2250億）

台灣地小人稠，天然資源不足，所以人才是我們最引以為傲的資本，也是最正確的選擇！

人才培育
每年投入100億元經費，8年共800億，推動高職免費，改善技職院校師資、設備與課程。

推動「文化創意產業發展法」
由國家發展基金撥出100億元，以創投方式投資文化創意產業之相關企業

創作者可以不用擺地攤躲警察了嗎？

我們不用自己燒錢獨立出國參展了嗎...？

建構智慧交通系統及智慧生活環境
陸空海運輸智慧型整合、物流智慧化、通關智慧化、票證整合與電子化

如果從科技角度來看台灣，可是泱泱大國，用我們拿手的資訊產業走向世界吧！

(1) 人才培育

・加強語文及資訊教育，消除城鄉差距及數位落差，鼓勵終身學習。

・每年投入100億元經費，8年共800億，推動高職免費，改善技職院校師資、設備與課程。

・推動8年800億「邁向頂尖大學計畫」及「教學卓越計畫」，目標為讓我們主要大學的研究成果達到世界級水準。

(2) 文化創意產業

推動「文化創意產業發展法」；設置文化創意及數位內容產業專業園區；由國家發展基金撥出100億元，以創投方式投資文化創意產業之相關企業；編列充裕預算，獎助文化創意及數位內容產業業者，積極進行國際拓銷，參與國際性展覽。

(3) 建設全世界第一的無線寬頻國家

將台北市「無線新都」經驗，推廣至全國主要都會區，全面建置無線上網設施；建置「無線高速公路」，使所有偏遠地區均享有與城市相同之寬頻服務。

(4) 建構智慧交通系統及智慧生活環境

交通管理智慧化、陸空海運輸智慧型整合、物流智慧化、通關智慧化、票證整合與電子化；智慧型醫療照顧、智慧型安全、智慧化金流及電子交易。

愛台十二建設之6

23 產業創新走廊（1,150億）

產業需要有多方的結合才能發揮最大效益！

$1+1>2$

合體之後產生的群聚效應是超乎想像的大

北北基宜產業創新走廊，結合內湖科學園區及南港軟體工業園區等等，勢如破竹啊！贏定了！

另外還有桃竹苗、中彰投、雲嘉南等區塊各自發展特色產業，大家團結力量才會大喔！

(1) **北北基宜產業創新走廊**：除現有內湖科學園區及南港軟體工業園區外，新建北投士林科技園區及基隆市北台綜合科技園區、台北縣遊戲產業及文化產業園區和宜蘭科學園區。

(2) **桃竹苗產業創新走廊**：加速發展桃園航太科技園區、新竹科學園區龍潭基地、竹南基地第四期擴建、銅鑼國防

科技園區；設置國際村，吸引境外高級專業人才。

(3) **中彰投產業創新走廊**：設立中部科學園區彰化基地；設立工業技術研究院中部分院。

(4) **雲嘉南產業創新走廊**：在西部地區由中往南發展農業生技產業。

(5) **高高屏澎產業創新走廊**：擴大高雄軟體園區成為創新科技研發園區；中央部會重要研究機構含工研院、資策會等之分支機構進駐。

(6) **花東產業創新走廊**：協助花蓮縣設立石藝研發創意園區；協助東海岸發展深層海水產業，台東縣設置深層海水產業發展園區。

愛台十二建設之7

都市及工業區更新

（570億）

(1) 北部：台北市推動「首都核心區歷史保存與再發展計畫」，活化區位功能；基隆火車站及港口水岸更新計畫。

(2) 中部：中興新村更新為文化創意及高等研究中心園區；水湳機場場址再開發。

(3) 南部：高雄市愛河口港區水岸再發展計畫。

(4) 北中南老舊工業區之更新與開發。

(5) 高鐵新站（南港、苗栗、彰化、雲林）及車站特定區開發。

農業是台灣的根本與基礎,能有現在的成就都是從農開始!

好累啊...

可是時代進步農業不能再這樣搞了,要有科技新方法!

建立老農退休機制(政府補貼利息300億)

推動「小地主大佃農」制度,鼓勵專業農民擴大農場企業化經營

在分級、分區管理及合理回饋機制下,大量釋出不適用的農地,提升國土利用效率。

讓辛苦一輩子的農民們退休,也讓有心從事農業的新血用更聰明的方法讓農業升級吧!

愛台十二建設之8

25 農村再生
（1,500億）

　　為了改善環境、縮短城鄉差距、分散都市居住人口到農漁村、帶動沿海經濟。在充分尊重農漁村居民尊嚴的前提下,馬蕭團隊研訂了《農村再生條例》,以現有農漁村社區之整體建設為主,個別建設為輔,落實照顧農漁村。其中包含以下方案:

- 由中央政府分十年編列1,500億基金,執行農村再生計畫,照顧4,000個鄉村地區的農漁村及60萬農漁戶。

- 以農漁村居民為主體,結合有經驗之社區發展團隊研提農村再生計畫,遴選後給予補助,並由地方政府輔導、監督執行。

- 實施結合農漁村生活及農漁業生產之整合型農地重劃，立法解決農漁村共有土地或祭祀公業土地，優先鼓勵自發性之共有土地自辦規劃或改建，以活化農漁村土地利用。
- 建立老農退休機制（政府補貼利息300億），推動「小地主大佃農」制度，鼓勵專業農民擴大農場企業化經營。
- 在分級、分區管理及合理回饋機制下，大量釋出不適用的農地，提升國土利用效率。
- 成立農村規劃發展局，並鼓勵地方政府設立關於農漁村建設之專責單位，全力推展農漁村再生。

26 愛台十二建設之 9
海岸新生 (200億)

(1) 定期清除全台漁港淤沙，改造傳統漁港為兼具漁業及休閒觀光之現代化漁港，並鬆綁沿海遊艇觀光限制。

(2) 國際招商開發沿海景點，建設海岸生活與旅遊區；發展郵輪觀光，推動高雄港、基隆港、花蓮港納入國際郵輪航線；檢討保安林，解編無國家安全或生態顧慮者，以活化沿海土地利用。

愛台十二建設之 10

綠色造林（300億）

　　馬蕭團隊預計8年內平地造林6萬公頃，每公頃每年補助12萬元；在中南部建設三個1,000公頃的大型平地森林遊樂區，結合當地的農村再生計畫，創造休閒旅遊商機。並訂定獎勵辦法，鼓勵20年後林木永續經營，維持總造林面積的動態平衡。

提升台灣森林覆蓋率到60%

　　森林有吸碳、蓄水、綠色景觀的功能，為了因應2012年京都議定書將要落實實施，我國工業超量排放的二氧化

碳,要靠樹木來吸收。馬蕭團隊規劃執政後將造林6萬公頃,而6萬公頃森林的蓄水量相當於1億2000立方公尺,五分之一的曾文水庫。

28 愛台十二建設之11
防洪治水（1,860億）

(1) 全面檢討八年1,160億防洪治水計畫，加強執行與考評，必要時得增加經費。

(2) 推動「高屏溪整治特別條例」，專款治理高屏溪水患與污染問題。

(3) 加強地下水補注，有效改善地層下陷；推動整體性治山防災計畫；劃設土石流危險區及環境敏感區，設置土石流監測及預報系統。

(4) 編列4年500億經費，重建原住民家園與推動國土保育。

愛台十二建設之12

29 下水道建設 (2,400億)

　　每年投入300億建設污水下水道,接管率每年提升3％;加強僻遠山區小型污水處理系統建設,確保水源水質。

30 成立1,000億「地方財政重建基金」

　　近年來不但人民窮，各地方政府也窮，而且借債也到了上限，不但建設經費短缺，有時甚至連維持地方政府正常運作的經常性支出都出現問題。因此，馬蕭團隊預計執政後將編列1,000億作為「地方財政重建基金」，打消地方政府背負債務，改善地方財政，促進地方發展。

路燈電費繳不出來...公務員薪水也欠餉...嗚

窮的地方政府簡直要破產啊...

31 編列300億 「觀光產業發展基金」

　　馬蕭團隊為了大力拓展台灣觀光產業，與配合大陸觀光客來台，預計編列300億「觀光產業發展基金」，各縣市可運用基金發展當地有特色的景點，並訓練合乎國際水準的服務人才。

32 編列300億「地方產業發展基金」

可以和「觀光產業發展基金」配套的是，在台灣的地方縣市中，有許多具有地方特色的產業，應編列300億「地方產業發展基金」，由地方主導，利用這筆基金發展當地的特色產業，活絡地方縣市的經濟，創造就業機會。

為了搭配觀光產業，創造在地優勢預計編列300億「地方產業發展基金」，各縣市可運用基金發展當地有特色的產業！

33 發展全民農業

　　國民黨的農業政策從民國60年代的「三農」(農業、農民、農村)到80年代的「三生」(生產、生活、生態),引領台灣農業走向多面向的發展。未來馬蕭團隊更要推動「全民農業」,除了涵蓋原來的「三農」、「三生」,更擴大到消費者及全球視野的關照層面。

　　馬蕭團隊將打造台灣農業成為全民參與、全民分享,兼顧健康、效率、永續經營的全民農業。不只照顧生產

傾力推動全民農業,不只照顧生產者,更要關心消費者、後世子孫及全世界的生態環境。

者，更要關心消費者、後世子孫及全世界的生態環境。因此，馬蕭團隊規則的「全民農業」是：

　　對農民　－　利潤、效率、好福利

　　對消費者－　新鮮、品質、食健康

　　對環境　－　景觀、節能、保永續

　　對子孫　－　淨土、市場、高科技

　　對全世界－　責任、和諧、高綠能

　　全民農業的實施涵蓋下列六個主軸。

1.建立責任農業確保永續發展

　　農產品品質是進入市場的唯一途徑，馬蕭團隊未來會善盡確保消費者健康的天職，建立安全農業區，4年內將輔導所有4,300班蔬果產銷班符合用藥安全，再循序漸進，邁向無毒農業島。

　　此外將建立配套措施，執政後2年內恢復台灣為豬隻口蹄疫非疫區。

　　另將配合國際海洋漁業管理，建立海洋責任漁業。

2.打造優勢農業

　　馬蕭團隊將以「科技作後盾，市場為導向」的策略，據此發揮台灣農業的科技優勢及經濟地理條件，建立標準作業及與世界接軌的品質認證體系，以創設科學園區的精神來發展具有國際競爭力、高附加價值的優勢農業。

　　馬蕭團隊還計劃結合農業科技研究資源，來整合農業

發展區塊,在西部延伸為農業創新黃金走廊;在南部建設
「世界級花卉島」,運用培育蝴蝶蘭的基礎技術帶動新興外
銷花卉產業升級,並建立「世界熱帶及亞熱帶水果研發中
心」、「亞太種畜種苗中心」。另外,發展觀賞魚類成為新
的外銷主力產業。

3. 建立老農退休機制

馬蕭團隊已率先主張老農津貼提高為每人每月6,000
元,並完成立法。

鼓勵老農退休,將修法規定年滿65歲以上,出租農
地,並訂有長期租約者,仍保障其農保資格。

漁業方面,漁船用柴油補貼維持在14%,以減輕油價
上升對漁民之衝擊。

4. 推動以「小地主大佃農」為核心的農地改革

為鼓勵老農提早退休,馬蕭團隊將推動「小地主大佃
農」計畫,輔導長期租賃,由政府提供「一次付租,分年
償還」的長期無息貸款,讓老農民能一次拿一筆租金,享
受退休生活。

為活化農地利用,馬蕭團隊將建立農地變更及回饋機
制,大量釋出都市邊緣非農業使用比例高之不適用農地,
保留之農業區則建為有優越產銷條件之專業生產區。

並研訂《農村再生條例》,由中央政府分十年編列

1,500億元基金執行,照顧4,000個鄉村地區的農村及60萬農戶,結合具有文化及生態之美的農漁村及漁港,建立海岸農漁業觀光休閒廊道。

5.加強兩岸農業貿易與合作

馬蕭團隊計劃建立長期行銷網路,用以取代短線搶市場的外銷模式,跨國公司策略聯盟,開拓台灣農業在國際市場的行銷管道;並積極拓展大陸、香港、日本、新加坡及中東為第一線市場,拓銷美加為二線市場;適當管制大陸農產品進口,避免大陸生產之台灣種產品回銷台灣;建立兩岸農業智財權與商標協商機制,開啓兩岸協商,解決

漁事糾紛及大陸漁工問題。

6.強化農業行政，健全農民組織

　　馬蕭團隊執政後將儘速設立統合農、林、漁、牧的「農業部」，在中央農業機關內成立農村規劃發展局；整合研究團隊，實施目標管理，達到產業重點突破；聯合各級農漁會，建構全國性農產品行銷網，進一步發展成國際貿易公司；充份利用水利會資源，發展休閒觀光及與水有關之產業。

成立農業部統合
農林漁牧四大塊，
讓傳統產業創新！
農林漁牧也升級！

　　另外，馬蕭團隊觀察到：隨著台灣加入WTO，以及民進黨政府欠缺有效的農業發展對策，讓台灣農產品的總出口值從85年的54億美金，掉到去年僅剩33億美金，而95年度的農業貿易逆差也比91年度多出了800多億台幣，足見台灣農業的未來正快速委縮當中。

用辦科學園區的精神來成立「農業創新黃金走廊」

　　馬蕭團隊認為，高鐵沿線農地，可以「第三階段農地改革」的精神，由農會結合破碎農地進行統一規劃，以達到整合效果。整合後可規劃為農業園區，由政府強化區域

內如道路、排水等基礎建設，吸引有能力耕作經營的農民或企業機構進駐。

　　而農業創新黃金走廊必須整合農業的上（進行種苗培育、農業科技研發等創新工作，以科專計畫支持研究單位進駐園區，並且透過開發基金來投資農業相關生物科技公司，以吸引相關研究機構進駐）、中（以商業化量產為目標進行栽種，並執行蔬果花卉等作物分級，以利內銷與外銷）、下游（整合農產品加工、配銷、行銷、倉儲、農機、人才培育等廠商，產生群聚效應，提高經濟效益以嘉惠農民）產業，以產生群聚的效果，才能將農業創新黃金走廊

的效益最大化。

進行農地耕種規劃與農民參與

除了適度進行高鐵沿線造林外,同時應鼓勵設施(溫室)農業,完整規劃作物的栽種,並且提昇省水作物的栽植,例如蔬菜、瓜果、花卉等,配合節水灌溉設施的設計,讓用水量只需消耗原用水量的10%到20%,有效減少農業用水的問題;另外,可雇請農民來耕種,視利潤狀況讓參與耕作的農民一起分紅,讓農民能從中獲益。

推動農產品全球行銷計畫

34

台灣屬於淺碟式市場經濟，類似高屏地區的香蕉、木瓜等農產品，經常容易發生產銷失衡，未來必須拓展外銷來加大農產品市場的縱深。因此馬蕭團隊主張必須要建立長期行銷網路，以取代短線搶市場的外銷模式，與跨國公司進行策略聯盟，開拓國際市場行銷管道，積極有效地來「出賣」台灣水果。我們計畫拓展大陸、香港、日本、新加坡及中東為第一線市場，拓銷美加為二線市場；並同時適當管制大陸農產品進口，避免大陸生產之台灣種產品回銷台灣，衝擊國內農產品交易市場。

35 邁向世界級花卉島

　　由於火鶴適合生長在熱帶區，在台灣南部，包括高雄縣內門鄉已有許多優秀的花農種植，並組織產銷班出口至國際市場，未來潛力無窮，因此，馬蕭團隊將先在內門鄉設置「火鶴生產專業區」，並在其他地區設置適當的花卉生產專業區，使台灣邁向「世界級花卉島」。

　　馬蕭團隊更計劃在專業區設立現代化集貨場，購置冷藏及搬運設備，協助建立合理化作業流程，以提高運銷效率。進一步加強品種選育、保鮮技術及開拓外銷通路。

太感動啦~

36 將台灣種魚推向世界高價市場

馬蕭團隊計畫開放三通直航後，要把握契機，將台灣的高價魚種行銷到大陸等地。

有鑒於台灣養殖技術領先世界，馬蕭團隊冀望建構健全魚苗繁殖體系，使台灣成為高價值魚類的種魚供應中心。同時要建立與國際接軌的全球產銷、分工體系，與大陸、東南亞進行垂直整合，做好全球布局，開拓台灣在世界中高價位魚類外銷市場。

除此之外，馬蕭團隊更計畫在四年內倍增種魚外銷的產量，由目前年產五千萬尾，四年內擴充至年產一億尾以上。並配合訂定智慧財產保護法規，塑造高附加價值產業形象，鼓勵年輕人投入，使產業永續發展。另外，開發觀賞魚等新興市場，創造種苗漁業新藍海，開展高價值觀賞魚類為新的外銷主力產業。

37 推動高雄海空雙直航打造經貿新走廊

馬蕭團隊執政後將立即推動兩岸海空直航，使高雄港成為大陸沿海港口及香港、新加坡等港口的轉運站，並使大陸觀光客可以從小港機場來台灣，成為東北亞、東南亞黃金雙航圈的樞紐，帶動南部產業國際化，開發南部成為亞洲新核心的契機。具體措施包括以下兩個方向：

打造高雄港為：自由港、生態港、海洋樂園

— 推動高雄港自由化提昇競爭力：擴大境外航運中心功能減少運輸阻抗，解除港區碼頭及大陸港口之管制，促進兩岸貨物運送及轉運，並逐步朝向零關稅，提供低廉土地租金以吸引貨源來作深層加值再出口。

— 貨櫃採用碼頭營運商方式經營：利用第六貨櫃中心之興建營運調整各航商原分散之碼頭重新配置，使其集中並盡可能採民營公用方式來經營，提高裝卸能量增加碼頭工人收入。

— 推動「市港規劃及建設合一」，加速市港資源整合。

— 改造旗津地區成為高雄聖淘沙海洋遊樂園區。

— 積極推動哈瑪星、鼓山、苓雅等舊港區之改造計畫。

— 建立「海洋公園」，增進民眾親海活動與海洋保護意識。

— 在高雄設立海洋科技文化中心。

打造高雄創新科技研發園區

　　馬蕭團隊計畫引進台北南港軟體園區的發展經驗，推動政府研發資源進駐，將高雄軟體園區擴大轉型為「創新科技研發園區」。

　　園區定位不限於軟體資訊產業，還要引進IC設計、生技、數位內容及新能源技術等新興產業，創造更大的園區效應。同時以經濟部科技專案做為誘因，鼓勵財團法人研究機構及民間企業在園區設置分支機構，以培養園區相關產業研究發展的實力。

推動小港機場為台灣南部空運總樞紐

民進黨執政後,小港機場的起落架次、客運人數、貨運場都逐年萎縮;高鐵通車後,國內航線更加雪上加霜。因此,馬蕭團隊當選後將立即開放小港機場為兩岸客貨直航機場。立刻展開兩岸直航談判,將「假日包機」變成「週末包機」,再逐步擴大為「平日包機」,也就是「包機正常化」,最後將「包機」成為正式「班機」。藉由提高運量,充實客源,必定可以使小港機場恢復往日的榮景。

推動左營鐵路地下化

馬蕭團隊執政後將加速推動左營地區鐵路地下化工程。將左營地區鐵路地下化納入高市鐵路地下化第一期工程,儘速推動,解決本區交通問題。

38 重新打造遊艇王國

　　根據資料顯示：台灣遊艇製造年產值有70億，是亞洲第一，全世界排名第五的遊艇王國，遊艇製造還能帶動許多附加產業，包括新型材料、塗料、電子儀器等等的原物料產業和水上娛樂觀光等產業。

　　因此，馬蕭團隊主張結合港都的產業與在地的中山大學、高雄海洋科技大學合作，加強船舶研究、海洋生物研究等，讓高雄地區的產業從研發、生產、行銷到運輸都一體到位，重振「遊艇王國」美名。

39 推動台中縣、市合併升格

　　台中縣市位處台灣正中間,不但聯結島嶼南北,西通大陸沿海,更匯集了整個中部地方的經濟與文化能量。將台中縣市合併,成為第三個院轄市,不但加速區內各項資源的互動、整合,並可以倍增的土地、人口資源,強化都會競爭力。

完成台中捷運
烏日文心北屯線

　　除此之外，新政府將儘早完成台中捷運烏日文心北屯線，並規劃豐原至清水梧棲與清泉崗機場至高鐵烏日站，帶動山海屯區全面發展。

41 規劃嘉義市成為雲嘉都會區

　　政黨輪替後，全力協助嘉義市成為雲嘉都會區運輸轉運及觀光休閒服務樞紐。其中，計畫協助嘉義市改善火車站周遭交通，敦促完成「嘉義市區鐵路立體化工程」，並協助嘉義市改善市區運輸設施與指標系統，以提升觀光遊憩品質。

42 建構阿里山國家風景區

　　阿里山是台灣最負盛名的景點，未來將把這個老牌的風景名勝建構為「阿里山國家風景區」，成為兩岸觀光的重地。

43 建設布袋港成為兩岸直航港口

　　布袋港在嘉義縣布袋鎮，如果規劃為兩岸直航港口之一，將使布袋港成為台灣中部農產出口門戶，並提供大陸觀光客從布袋入台，直接上阿里山觀光的捷徑。

44 打造澎湖為博奕觀光特區

　　馬蕭團隊支持開放澎湖設置觀光特區附設博奕業，以促進澎湖觀光事業及經濟發展，執政後將請黨籍立委於下會期優先審議通過離島建設條例第十條之一「設置博弈特區」條文修正案，屆時只要澎湖當地居民贊成，澎湖就可以在多元化的觀光建設中增加博奕功能，吸引觀光客，同時希望澎湖做好配套措施。

45 提升南部地區研發能量

　　馬蕭團隊執政後，將會把經濟部、國科會、農委會等部會所屬的研究機構視需要在南部設置分支機構，提昇南部地區整體研發能量，促進當地人文與產業發展。

46 利用數位遊戲開拓經濟新版塊

用線上遊戲爭取華人產業領導地位

- 2005年，台灣的數位遊戲規模已達89.7億元，其中線上遊戲佔72.2億元。
- IDC報告，2005年台灣整體線上遊戲的會員營收是亞太第四，僅次於日本、南韓、中國大陸。
- 2010年，全球數位遊戲軟體市場規模將可達到460億美元，從2006～2010年以來，每年的平均成長約為11.4％。

　　馬蕭團隊認為政府應努力擴展華人數位遊戲產業的市場，運用台灣人的創意，取得在華人市場領先的地位，韓國近年在數位產業急起直追，身為華語國家的台灣一定可以做得更好。馬蕭團隊研以下列施政方向，希望用線上遊戲來爭取大陸市場的商機。

1. **輔導人才轉型投入數位內容產業**

　　根據資策會統計：2007年和2008年的數位內容產業的人才缺口，分別是2000人和1600人。

2. **媒和數位遊戲產業與其他內容產業的跨業結盟**

3. **政府在法律面做廠商和消費者的後盾**

　　為因應數位科技導致的新爭議，政府也要在司法面迎頭跟進。現今法律，已經承認線上遊戲的虛擬貨幣和寶物可視為動產，執法機關已經有法可循，接下來如何有效管理網路安全與交易，馬蕭團隊認為要加強政府在執行面的效率，並讓政府成為廠商和合法使用者的後盾，才能夠營造一個優良的環境。

47 推動社會安心計畫

現今台灣因社會結構的改變，致使貧富差距越來越大，形成所謂「M型社會」，馬蕭團隊針對各種不同族群，尤其是弱勢族群，研擬出下列照顧與福利計畫：

- 老年安心養老：提供65歲以上的高齡人口每年一次免費健康檢查，及全國中低收入戶老人免費裝置全口假牙。
- 青年安心成家：新婚首次購屋，一生兩次可享兩年兩百萬零利率房貸。
- 原住民安心定居：4年編列500億元，重建原住民家園。
- 少年安心念書：以免費或補助方式全面提供弱勢學童營養午餐。
- 壯年安心工作：推動脫貧方案、設置急難救助金。
- 幼年安心成長：提供新生嬰兒之未就業父或母兩年每月5千元育兒津貼。

48 讓我們的青年有更大的舞台

　　台灣年輕人的挑戰來自世界各地的競爭者，比起上一代他們面臨到更大的生存壓力。未來的世界由於全球化的影響，舞台會越來越大也越來越集中。換言之，在未來不只貧富差距會成為M化的分布結構，在競爭力上也如此。這是因為全球化、資訊集中化以後，舞台也越來趨向整合、

全球化競爭更激烈，要給年輕人一雙翅膀出去看看世界有多廣視野格局才會大！

單一，標準也越來越一致。年輕人在這個贏者更贏、輸者更輸的環境下，要如何生存、以及活得快樂、更有成就感就需要社會的妥善安排。馬蕭團隊洞悉到這樣的趨勢，因此提出下列計畫，讓青年擁有新的機會與舞台。

- 萬馬奔騰計畫：四年內提供青年赴國外進修名額10,000名。
- 青年充電計畫：提供進修青年「進修特別扣除額」25,000元。
- 台灣小飛俠計畫：四年內倍增志工服務的預算，成立「區域和平志工團」。
- 青年壯遊計畫：推動青年壯遊計畫，開拓新世代的氣度與格局。
- 青年安心安親計畫：未就業青年父母於子女出生兩年內，一人可領5,000元育兒津貼。
- 青年就業接軌計畫：增加青年人就業機會，避免畢業即失業的窘境。

49 陽光女人是台灣的驕傲

　　隨著時代變遷，女性在職場上、家庭關係中越來越扮演著舉足輕重的角色。投入職場的女性也為台灣經濟帶來更大的能量。但是現今職場，卻不能給台灣女人一個友善的空間和條件，讓她們更無後顧之憂地為自己與台灣的幸福打拼；因此馬蕭團隊研擬以下方案，讓台灣女人更幸福。屆時我們可以大聲說：擁有陽光女人是台灣的驕傲！

・四年創造10萬個婦女就業機會。

・落實「兩性工作平等法」，育嬰假夫妻可合請二年。

・放寬外籍配偶工作資格。

・保護婦女安全，對婦女暴力犯罪加重刑罰。

50 讓勞動升級 勞工更有尊嚴

　　勞工是國家建設與經濟成長的重要推手，因此我們必須讓社會大眾對勞動工作有更全面的理解與尊重，在福利方面也應有更多保障，因此，馬蕭團隊研擬下列方案：

· 將尊嚴勞動的概念納入國民教育，並於中小學公民課程及大學通識教育編列勞動相關教育內容。

· 主張提高勞保年金給付，絕不低於國民年金基準。

　　政府應增加勞保基金獲利能力，提高勞保年金給付水準。勞工若選擇勞保年金，金額絕不低於國民年金。

敬~禮！

（註：國民黨「勞保條例修正案」在立法院一讀版本：勞保年金給付以最後三年平均投保薪資為計算基準，保險年資合計每滿一年按其平均月投保薪資之1.3%計算。選擇一次金給付者，給付上限亦由現行的45個月，提高至55個月；身心障礙年金基礎保障也由每月3,000元，增加至4,000元，與國民年金同一水準。）

·延長勞工退休年齡，保障退休生活基本所得。

　　修訂「勞動基準法」，勞工強制退休年齡延長至六十五歲。檢討修訂個人退休金帳戶制度，強化退休基金市場獲利能力，確保勞工退休金加勞保年金，合計達到勞工退休基本生活所得替代率70%以上。

51 推動高職免費 優化技職教育

　　有鑒於目前技職教育在職場上未能完全發揮其應有之功能，特別研擬下列方案，期望改善現行技職體系的就學環境：

· 高職免費就讀。

· 設立回流教育機制，可視需要再回學校接受進修教育。

· 投入100億改善技職校院的師資、設備與課程。

· 成績優異技職生，提供獎學金與生活費。

技職體系其實可以走得更寬廣！看我讓技職體系大變身！

預算挹注

免費就讀

開放再進修管道

優異生獎學金補助

52 讓我們的願景實現吧！

優異的經濟表現與生活品質

是台灣尊嚴最大的保障

讓我們大家一起全力拼經濟，改善生活

為後代的子孫打造美好的未來

國家圖書館出版品預行編目資料

後2008台灣經濟導覽：
馬英九‧蕭萬長對台灣經濟的規劃願景／
高敬智主編—初版—台北縣中和市：
INK印刻.2008.03　面;公分　--(Canon:17)
ISBN　978-986-6873-71-3（平裝）
1. 台灣經濟　2.經濟政策　3.漫畫
552.33　　　　　　　　　　　　97003122

Canon 17

後2008台灣經濟導覽
馬英九‧蕭萬長對台灣經濟的規劃願景

主　　編　　高敬智
繪　　圖　　米奇鰻
總 編 輯　　初安民
編　　輯　　李奕昀、施淑清
美術編輯　　唐秀菊
策　　畫　　吳忠慈
製　　作　　閱讀地球文化事業

發 行 人　　張書銘
出　　版　　INK印刻文學生活雜誌出版有限公司
　　　　　　台北縣中和市中正路800號13樓之3
電　　話　　02-22281626
傳　　真　　02-22281598
e-mail　　ink.book@msa.hinet.net
網　　址　　舒讀網http://www.sudu.cc

法律顧問　　漢廷法律事務所　劉大正律師
總 經 銷　　展智文化事業股份有限公司
電　　話　　02-22533362‧22535856
傳　　真　　02-22518350
郵政劃撥　　19000691　成陽出版股份有限公司
印　　刷　　海王印刷事業股份有限公司

出版日期　　2008年3月　初版
I S B N　　978-986-6873-71-3
定　　價　　160元